岩　波　現　代　文　庫

ほんとうのリーダーのみつけかた
増補版

梨木香歩

Kaho Nashiki

文芸 343

JN053426

岩波書店

はじめに

二〇一五年、四月四日のことです。東京のジュンク堂書店池袋本店で、若い方々にお話しする機会がありました。『僕は、そして僕たちはどう生きるか』という、理論社から出版された単行本が岩波書店で文庫化された節目に、書店の方々が企画してくださったものでした。この作品は、そもそも二〇〇七年に理論社のウェブページで開始された連載がもとになっています。

この二〇〇七年の前年末には、従来の教育基本法に、様ざまな改変が加えられるということがありました。教育基本法とは、文字通り小さな方々、若い方々に直接影響を及ぼす、この国の教育の方針を定めた法律です。新しい教育基本法では、以前にはなかった、国を愛する、という個人の感情に関わることも明文化されており、違和感を覚えました。それが法律になる、ということは、家庭に喩《たと》えれば親自身が、自分を愛せ、尊敬しろ、誇りに思え、と命令してくるようなものに感じたのです。その頃、ある県の知事が、徴兵制の復活を唱えたとして話題にもなりました。犠牲死を賛美する発言、そういう感動を与えるかのような本や映画も巷《ちまた》を賑《にぎ》わせました。

しかしながら、愛や敬意は、決して強制や誘導から生まれてくるものではない。犠牲死は、他人に強《し》いるものでもけしかけるものでもない。何かがひどく歪《いびつ》になってきている……。

早くから警鐘を鳴らし続けていた人びとがいました。私もまた、そういう時代に、若い方々に向けて書く機会を与えられているものとして、世界はもっと寛容でありうること、様ざまな人びとが様ざまに生きて、豊かなハーモニーを奏でうるものだということを伝えたい、と願いました。それが二〇〇七年に『僕は、そして僕たちはどう生きるか』の連載を始めた背景でした。

そして二〇二〇年、世界は新型コロナウイルスの蔓延《まんえん》という、未だかつて経験したことのない危機に見舞われています。この未知のウイルスは、人の体だけではなく、心や社会の結びつきまで攻撃しているかのようで、もともとあった、戦時中の隣組制度のような同調圧力は、ますます加速してきました。若い方々が親たちの世代も経験したことのないような、まるで戦時下のような緊張や抑圧を強いられていることにいたたまれない思いです。

この本の「ほんとうのリーダーのみつけかた」は、志を同じくする編集の方の尽力で、彼女のところにあった、二〇一五年の「講演」のメモ書きをもとにし、その記録を文章化したものです。この小さな本が、若いみなさんの心を育む土壌《どじょう》の成分の一つになれたら、こんな光栄なことはありません。

いつか、私などの想像もつかない、伸びやかな精神を持つ次世代が現れんことを、夢見つつ、祈りつつ。

二〇二〇年　青葉のうつくしい季節に

梨木香歩

目次

画＝ひろせべに

ほんとうのリーダーのみつけかた

こんにちは。梨木香歩《なしきかほ》です。今日は、みなさんと直接お話ができることをとても楽しみにしてきました。……とは言いつつ、じつは、人前に出て、何か声高《こわだか》に話すというようなことは、私が本来たいへん苦手とすることで、実際、ヘタクソなのです。ですから、たまにそういうお話をいただいても心苦しく、ほとんど遠慮させていただいていました。けれど、そんなことも言っていられなくなってきました。

今回は、『僕は、そして僕たちはどう生きるか』の文庫化に当たっての企画ということですので、すでに単行本を読んでくださってここにいらした方も多いと思います。

世のなかが変にきな臭くなってきました。そのことは、若いみなさんもなんとなく感じていらっしゃるだろうし、はっきり危惧されている方もいると思います。

そういう世情のなか、この本を文庫にして多くの方々に読んでもらいたいと思ってくれ、こうして形にしてくれたのは、先ほど司会をしてくださった編集者の藤田さんです。どんな仕事もそうですが、本もまた、いろんな方の思いが合わさって企画が動き出し、こうしてみなさんの手元に届くものになるのですね。装丁してくださる方、間違いがないか調べてくださる校閲の方、本屋さんに売ってもらえるよう頑張ってくださる営業の方、こうやってみなさんに直接届けてくださる書店の方……私はテキスト担当、というわけです。何より、そもそもの単行本にも、当然いっしょに作ってくださった編集者さんたちが存在します。また、今回私にこういう機会を与えようと思ってくださったのは、福岡さんを始めとする書店の方々です。私とみなさんがこうして出会うまでには、こういう様ざまな方の尽力があります。このそれぞれが社会の一部。どの一部が欠けても、私がみなさんにこうしてお会いすることは難しかった。みなさんもまた、やがてこういう社会へ入っていかれるわけです。

気づいた方も多いと思うのですが、この本のタイトルは、吉野《よしの》源三郎《げんざぶろう》著の、

『君たちはどう生きるか』を意識しています。昔あの本を読んだ後からずっと抱いていた、「君たちはどう生きるか」という吉野さんの問いかけへの、私なりの一つの答えの意味合いもありました。

吉野さんの『君たちはどう生きるか』は、一九三七年、昭和十二年に出版された本です。この年は盧溝橋《ろこうきょう》事件などが起こり、日中戦争へと突入、ファシズムの軍靴《ぐんか》が急速に大きく鳴り響いた年でした。そういう世のなかに危機感を感じた、著者の周囲の出版に関わる大人たちが、若い人へ向けて出した本の一冊でした。

その七十六年後、一昨年の二〇一三年、秘密保護法、正式には「特定秘密の保護に関する法律」が成立し、そのほぼ一年後の昨年から施行されました。多くの人びとが、この法律に反対しました。みなさんのお父さん、お母さんのなかにも反対だと思われた方々がいるかもしれません。私も、そのなかの一人でした。何もないところで急にこの法律ができたわけではなく、この間、いろんな不穏《ふおん》な動きがありました。大人たちが反対したのは、次世代の子どもたち――あなた方です――が生きる社会に、人の自由な行動を縛《しば》るような、こんな法律を残してはならない、ということがたいへん大きかったのです。でも、大人たちはそれを阻止することができなかった。大人を代表しているような言い草になり、おこがましいですが、申し訳ない気持ちでいっぱいです。

世のなかが戦前のように息苦しくなってきて、私が自分の他の作品とは違うスタイルで出したのが、『僕は、そして僕たちはどう生きるか』です。私のなかでは、初めてトライするハウツー本のような気持ちで書いた本で、今日、お話しすることと同じように、みなさんがご自分で自分の意見を作り上げていくときの、また、そうしなければならなくなったときの、判断材料の一つなり、手持ちのツールの一つとして思い出してくだされば いいなと思っていました。今日も、同じ思いで来ました。みなさんは、次世代を担う大切な一人ひとりです。直接、みなさんに伝えられる機会が与えられたことを光栄に思っています。老婆心ゆえとはいえ、お節介が過ぎるようなことかもしれません。躊躇《ちゅうちょ》もしましたが、聞き流してくださって構いません。こういう考え方もあるんだな、と知ってくださるだけでも嬉《うれ》しいのです。

では、まず、群れの話から始めましょうね。

群れというもの

テレビの実験――同調圧力

ちょっと前に、テレビで見たんですが、正確には覚えていないので、細部は違っているかもしれません。ただ、その内容がとても印象的だったのでお話ししようと思います。

あるとき、錯視《さくし》の実験をしようと呼ばれ、十人の学生が一つの部屋に集まりました。AとBの鉛筆があって、どちらが長いと思うか答えよ、というような質問です。ほんとうは錯視などではなく、同調圧力をテーマとした実験です。錯視って、例えば実際は違いがないのに、周囲の図形などの影響で、違っているように知覚される現象のことです。けれど、行われたのは、周りに影響を与えるものが何もない環境で、問題の鉛筆はと言えば、錯視でもなんでもない、測るまでもなくAの方が長いんです。純粋にAが長い。小さな子どもが見ても即答できるくらい明らかに違う。なのに、じつは十人のうち九人は、あらかじめ、短いBの方を長いと言うように、つまり事実と反することを言うようにスタッフから言い含められています。けれど最後の十人目の人にはそのことは知らされていません。十人目を田中さん、ということにしましょう。まず、一人目。事前に言われていたとおり、「Bです」と答える。いかにも自信たっぷりなんです。そのとき田中さんは、え? という驚きの表情をします。二人目、三人目、と同じ答えをしていくうち、田中さんは、さかんに首を傾《かし》げ始めます。自分の見ているものは違うのか、まさか、と、きっとどんなにか不安になったことでしょうね。そして九人目までが「Bです」と答えた。さあ、十人目の田中さんの答える番です。彼の答えは、「Aです」「Bです」「同じ長さです」「わかりません」、の四つのうちのどれかです。彼はなんて答えたと思いますか。

なんと田中さんは、首を傾げながら、みなと同じく、「Bです」と答えたのです。

ああ、と思いました。

これが「同調圧力」というものなのですね。

同調圧力、「どう」は同じ、「ちょう」は調子のちょう、つまり、他と同じ調子になるように、ぜんぶ同じ調子になるように、圧力がかけられる状態のことを言います。このときだれも、田中さんに直接、「Bと言え」、と言った人はいないのです、でも、田中さんはBと言わなければならないような空気をひしひしと感じてしまった。そして、まんまとそう言ってしまった。カラスは白い、と言ってしまったわけです。そう思ってないにもかかわらず。

けれどもね、考えてみてください。彼はずっと、首を傾げる、という動作を続けていたのです。もし、同調圧力がとても強くて、自分が他と違うことを考えているということすら、知られてはならないという状況だったら、彼にあんな動作はできなかったはずです。表面上はごく普通の顔をしていたはずです。首を傾げる、ということが、そのとき彼にできた精一杯の自己表現だったのです。彼はそういうサインを出すことで、彼に同調してくれるだれかを求めていたのではないでしょうか。彼に、同調して、「ねえ、おかしいよねえ、それ」って言ってくれる人を求めていたのではないでしょうか。でもそう言ってくれる人は出てこなかった。

そして、多勢《たぜい》についてしまったのですね。

このとき問われたのは、鉛筆の長さでした。鉛筆に心があるとしたら、鉛筆Aは気分を悪くしたかもしれません。田中さんも、鉛筆に心があれば、もう少し頑張ったかもしれません。けれど、もし、例えば自分の大切に育ててきたペットだったら。そのペットの命がかかっていたら……。

『僕は、そして僕たちはどう生きるか』ではそのことが問われています。登場人物の一人、ユージンは、自分のしたことを深く受け止め、群れから離れて生きることに決めた少年です。主人公のコペルも、自分が気づかないうちに同調圧力の影響下にあり、ユージンとそのペットを追い詰めたことを悟《さと》ります。

今回はペットだったけれども、もし、友人の生命がかかっていたら……。

そういうことを考えてなんになる、と言う人がいるかもしれませんが、私はこういうことを考えることは無駄ではないと思います。

吉野さんの『君たちはどう生きるか』のなかで、コペル君のお母さんが思い出話をするところがあります。お母さんが若い頃、石段を登るおばあさんに、「おばあさん、もってあげましょう」、とどうしても言い出せなかった、そういう後悔の思い出です。けれど、お母さんは、その思い出は厭《いや》なものではないと言う。また同じようなことが起こったときに、自分の気持ちを素直に行動に表すことが少しはできるようになった、それはやはり、あの思い出のおかげだから、と。私たちは、本を読むことによって主人公の失敗を疑似体験することができます。もし、○○だったら、と考えることによって、同調圧力に負けない自分をイメージすることができます。実際には思うようにいかなかったとしても、たぶん、心の準備がまるでないときよりも、マシだと思うのです。そして、次の機会に備えることができる……。

みなさんのなかにも、同調圧力を感じたことがあると思う人は大勢いると思います。むしろ、感じたことなどないという人はいないと思います。ええ、感じないはずがないんです。私たちは大昔から、基本的に群れを作って生き延びてきた動物です。まとまらないと、いざというとき、群れとしてやっていけないから、群れは基本的に、まとまろう、まとまろうとする傾向がある。まとまるためには、みんな同じほうが、無駄がなくていいんです。スピーディーで結束力も強い。いざというとき、ってどういうときか。それは、非常時、という言葉で呼ばれたこともありました。この話はまた、いつかしましょうね。今回はまず、「群れ」のことについて考えてみましょう。

じゃあ、群れって、何か一方的にこちら側に圧力を、同調圧力にしろ、どんなたぐいの圧力にしろ、圧力をかけてくるだけのものなんでしょうか。

「みんなちがって、みんないい」の重み

「私と小鳥と鈴と」という金子みすゞの有名な詩があって、そのなかに「みんなちがって、みんないい」という言葉があります。ここ数十年、教育の現場ではしょっちゅう出てくる言葉だと思うので、知らない方はいないかと思うのです。けれど、
みんなちがって、みんないい、ってほんと？　ほんと？
みんなちがって、みんないい、って、ほんとにそう思ってる？

みんなとちがっていたら、不安ではない？　みんなおなじで、みんなあんしん、っていうのが、今の日本の空気なんじゃないかと思います。なのに、いまだにこの言葉が生き残っているのは、やはり、この言葉が、真実の一面をついているからだと思います。ほんとうは、これはだれでも言える言葉ではない。うんと歳をとって、世界のすべてを愛《いと》しく思い、しみじみ感慨に耽《ふけ》ったときに出てくる祝福の言葉です。例えば祖父母が様ざまなタイプの元気な孫たちに目を細めて、かける言葉だと思うのです。リアルタイムで社会を駆け抜けようとしているときにこういう視座を持ってこられると、そこですべてが判断停止になってしまう。だから「みんなちがって、みんないい」と言われたときに感じる、受容された感覚、社会的な肯定感は、大切に自分のなかに保ちつつ、それはそれ、これはこれで現実に対処しなければならない。この言葉がいまだにあちこちで引き合いに出されるのは、「群れの長老に優しく微笑《ほほえ》まれ、受け入れてもらえた」ような、温《ぬく》もりがあるからだと思います。つまり、群れというのは、生きていくときに大切な、そういう温もりを供給できるものでもあるのですね。

「みんな同じになるべき」という同調圧力や「優秀なほど偉い」という能力主義があまりにも強烈に現場を縛り始めたときに初めて、「みんなちがって、みんないい」という一言が発せられることで、緊張感を緩和する力を持つのです。

怖いのは、「みんな同じであるべき」「優秀なほど偉い」という考え方が当たり前のように場を支配しているのに、指導者が「みんなちがって、みんないい」と、その言葉のほんとうの意味も考えず、さして慈愛の気持ちも持たずに、型どおりにそれを繰り返していることです。そうすると、言葉が空疎《くうそ》になり、なんの力も持たなくなります。そんな言葉の形骸《けいがい》化が起きると、その言葉自体が陳腐《ちんぷ》なものになってしまうのです。空洞化し、無力になる。

言葉の力とはなんでしょう。

日本語について

例えばSNSなどを使いこなすみなさんなら、だれかから書き込まれた一言で、死にたくなったり、嬉しくて飛び上がりたくなるほどの力をもらったり、ということを経験されていると思います。それを書き込んだ本人は、軽い気持ちで書いたかもしれないのに、受け取ったほうは、心の真芯で捉えてしまう。

太古の昔から、日本では言葉には言霊《ことだま》という、霊的な力があると信じられていました。言霊は、言葉のなかに満ちていて、呪術的な言葉を無造作に発してしまうと、それが現実のものになるとさえ思われていたのです。言葉も、じつは品詞によって力の発揮具合が違います。大きな力を発揮するのはやはり動きを表す言葉ですね。「頑張れ」「愛してるよ」「走れ」など。反対の言葉も想像できるでしょう?「しね」とか言われればこたえますね。動きを表す言葉は、気をつけなければならないけれど、使い方はシンプルです。

けれど形容する言葉は、じつに使い方が難しいです。大きな容量のある言葉を大した覚悟もないときに使うと、マイナスの威力を発揮します。「今までに例のない」「いまだかつてない」「不退転の(決意で)」などなど、実際はそれほどのこともないのに大袈裟《おおげさ》な言葉を使うと、実態との間に隙間ができるのです。そこにヒューヒュー風が吹き荒《すさ》んで、虚《むな》しさを掻《か》き立てる。言葉が、張子《はりこ》の虎《とら》のように内実のないものになってしまう。だから、効果がないばかりか、じつに逆効果なのです。マイナスです。言ってみれば、言霊を殺しているような状況です。こういう言葉遣いをするのは現代の政治家に多い。インパクトの強い言葉で聴衆の気を惹《ひ》きつけないといけないという気持ちが強すぎるのでしょう。その結果、ほとんど真実でないことまで繰り出してくる羽目になってきた。私は、今の政権の大きな罪の一つは、こうやって、日本語の言霊の力を繰り返し繰り返し、削《そ》いできたことだと思っています。それが知らないうちに、国全体の「大地の力のようなもの」まで削いできた。母語の力が急速に失われてきた。この「大地の力のようなもの」こそ、ほんとうのその国固有の「底力」だと思うのです。

同じメカニズムで、国の底力を奪ってきたものに、ことさらに大袈裟な「日本すごい」連呼シリーズがあると思います。以前はなかった現象ですが、あるときから急に目立つようになりました。この大袈裟な言葉も、言葉の価値を虚しくさせます。

そんなこと、わざわざ言われなくても日本という国に誇りが持てた時代があったのです。外国へ行ってそこの治安の悪さや大都市のあちこちにゴミ屑《くず》が散らばっていることに慣れ、日本へ帰ってくると、なんてきれいなんだろう、夜も安心して歩けるって、なんてほっとするんだろう、と、嬉しくなったものです。国にプライドを持つ、というのはそういう小さなことが積み重なって、自分の背景の一部をなしていくようなもので、でもことさら声高に言うものでもない。だって、はしたないじゃないですか、自分の家族自慢ばかりしているようなもので。自分というアイデンティティの一部、家族のようなものだから、だめなところも目につく。ついグチも言いたくなる。でも心のなかではこの国に生まれてよかった、と思っている。愛国心、ってそういう「ささやかだけれども堅固」なものだと思うのです。

なんだかんだ言ってもオリンピック中継を見れば、無意識に日本を応援しているし、勝ったら嬉しい。でも、そこで陶然《とうぜん》として「だから日本は素晴らしい！」と叫んで回るのは変。その人の脳内で、選手は素晴らしい、選手は日本人である。自分も日本人である。だから自分は素晴らしい、と変換されていっているのが目に見えるようです。ちょっとおかしいでしょう？　素晴らしいのはそこまで努力した選手本人です。その選手を称《たた》え、同じ日本人として誇らしい、というならまだわかりますが。何かあるたびに、「日本はすごい」と無理な我田引水《がでんいんすい》で叫ばれるのは、大袈裟な形容詞で心が虚しくなるのと同じマイナスの効果があります。言ってる本人たちは国力を増すくらいのつもりでしょうが、それはかえって健《すこ》やかな国力をねじ曲げ、国のほんとうの底力を低下させてしまうのです。張子の虎を大きくするだけ。

日本の美しさ、素晴らしさは、日本語の美しさ、素晴らしさに負うところが大きい。

どうか、一つひとつの言葉を蔑《ないがし》ろにせず、大切にしてください。

蔑ろにするというのは、例えば、知り合い程度でしかない相手に「シンユウ」と連発して呼んでみたり、ちょっと腹を立てたくらいで「シネ」と言い放ったりするようなことです。「バカやろう」で済むことではない？「おたんこなす」っていうのもありますね。使ったことないけど。あれ、どういう意味なのでしょうね。……ともかく悪口のバリエーションもいっぱいあるはず。昔友人が何かに憤慨して、七回生まれ変わったって、許さない、って言うのを聞いたこともありました。それって、過激に聞こえるけど、八回目には許すかもしれないのね。

自分の気持ちにふさわしい言葉を、丁寧に選ぶという作業は、地味でパッとしないことですが、それを続けることによってしか、もう、私たちの母語の大地を再び豊かにする道はないように思うのです。

これは一見、群れのこととは関係ないようですが、群れのコミュニケーションの大きな柱は、やはり言葉なのです。もし自分の気持ちと違う言葉を言ってしまった、と思ったら、できるだけ早く、そのことを相手に伝えた方がいい。

あなたのなかのリーダー

群れの一員としての幸せ

アメリカのドッグトレーナーに、シーザー・ミランというひとがいます。彼は幼い頃、おじいさんの農場で働く犬たちの群れと付き合ううち、自然に犬社会のルールを身につけていきました。二十一歳の頃、メキシコからアメリカに密入国し、苦労の末、今ではカリスマ的なドッグトレーナーになって、テレビ番組も持っています。世界中でセミナーを開き、どこでも大盛況です。一部には彼のやり方に対する批判もあります。彼のやり方でない方法で、動物と接したいと思い、それを実行しているひともいます。このこともひとの生き方に深く関わってくることなので、いつかゆっくりお話ししたいのですが、今ここでは、シーザー・ミランの「群れ」に対する考え方、圧倒的な人気の理由のようなものについて考えてお話ししますね。それもまた、良かれ悪しかれ「群れ」の特性であると思われるからです。

まず、なぜそんなに人気があるかというと、どんな問題を抱えた犬でも、彼に任せれば、ほとんどの場合、見違えるように明るい、いっしょにいて楽しい犬に変わっていくからなんです。彼のモットーは、犬を訓練するのではなく、飼い主を訓練し、犬へは今までひどい目にあったことのリハビリを行う、というようなことです。犬が唯一求めているのは、心から信頼できるリーダーなのだということが彼の持論の一つです。

例えば飼い主が不安で落ち着きがなかったら、犬はそれを察知して、自分がリーダーとなり、この群れを率いていかなくちゃならない、という使命感を持つ。

それで、来客にやたら吠《ほ》えたり、どっちがリーダーかはっきりさせようとして、飼い主にまで唸《うな》ったり噛《か》み付いたりする。犬の問題行動は、ほとんどのところ、飼い主の接し方に問題がある、というのです。

彼が言う、リーダーの条件とは、

「毅然として、穏やかであること」

リーダーがすぐに興奮したり、落ち着きがなかったりしているようではだめだ。犬好きの人というのは、可愛い犬を見るとつい、歓声を上げて満面の笑みで犬に近づいて、触りたがるものですが、これは本来犬を大混乱に陥れる行為らしいのです。まず、初対面ですぐ目を合わせるということからして、犬の群れのなかではほとんど喧嘩《けんか》を売るに等しいことだと見なされます。犬たちと付き合う基本的なルールは、最初はほとんど無視すること、目を合わさないこと、コミュニケーションはさりげなく匂いを嗅《か》がせることから始める、などです。そういう細かい犬たちの群れの規則はたくさんあるのですが、大切なことは、犬の幸せというのは、信頼できるリーダーのもとで安心してその命令に従うこと、だというのです。服従する、ということに、私たちはなんだか屈辱を感じ、また「負けた」ようにも感じ、飼い犬とですら、対等の友情で結ばれていると思いたいものですが、服従イコール屈辱、ということではないらしいのです。人を見ると噛み付いたり、吠えて暴れてどうしようもなかった犬が、いったん、リーダーを認めて服従の態勢に入ると、途端に落ち着いて、素直になり、実際幸せそうに見えるのです。大金持ちの家に飼われていても明らかに恐怖と怒りと不安でいっぱいの不幸な犬がいれば、ホームレスの人といてその日の食べものにもこと欠くような状況でも幸せそうな犬もいます。尊敬できて大好きなリーダーのもとにいることほど、犬にとって幸せなことはないのです。

詰まるところ、私たちも群れの動物なのです。私たちは磁石がくっつくところを探すように、だれか尊敬できるリーダーを無意識に求めている。

強そうである。堂々としている。自信満々である。

そういう雰囲気に何となく惹かれていく人もいる。群れで行動するのがいいとかわるいとか言っていられない。地球上にこんなに人間があふれてしまったんですから。

群れから外れるということは、頼るべきリーダーを持たずにやっていく、ということでもあります。もし、ものごころついてからずっと、群れに入ったことのない子どもがいたとしたら、その子は、群れの一員としてやっていくために、必要なマナーを身に付けていないことになります。教えられる機会を得られなかった。それがどんな事態を引き起こすか。

ヘレン・ケラーがたたんだナプキンのこと

先日、ひさしぶりでヘレン・ケラーの映画『奇跡の人』を見ました。一九六二年公開の映画ですから、今から五十三年以上前に作られたということになります。

見た人もいるかもしれませんし、話には聞いたこともあるかもしれません。この映画の印象的な場面は、なんと言っても、耳が聞こえず、目も見えず、口もきけないヘレンが、サリバン先生と出会い、最後にものには名まえがある、ということを理解するところです。ウォーターと言おうとして、ウォ、ウォ、と言い出すところです。そこもほんとうに感動的なのですが、今回、べつのことがとても印象に残りました。

サリバンさんと出会う前の彼女は、だれともコミュニケーションがとれない、閉ざされた世界にいたわけですから、まるで動物と同じで、いえ、動物も、群れのなかでマナーのようなものを教わって、そのなかのルールに従って行動するけれども、彼女は、そういう、人と生きる上でのルールのようなものを教わることができなかった。自分の思うようにならないとかんしゃくを起こして手が付けられなくなるので、みな、彼女を刺激しないように接していた。食事のときに椅子《いす》に座らないのはもちろん、歩き回って好き勝手にだれかの皿から手づかみで好きなものを取って食べるようなことをしていた。彼女に対する愛情と哀れみと諦《あきら》めが、結局彼女をだめにするんだと言って、サリバン女史は、二人きりで食堂にこもり、何時間もの凄まじい取っ組み合いの末、とうとう彼女に椅子に座ってスプーンを持たせ、ナプキンをたたむことをさせるのに成功した。はらはらしながら外で待っていた母親は、彼女がナプキンをたたんだ、と聞いて、感動のあまり涙ぐみます。あの子が、ナプキンを、たたんだ、と、何回か繰り返し口にします。ここもほんとうに感動的でした。母親のそれまでの不安と悲しみまで一度に押し寄せ、ああ、このひとは、たった一人で社会を相手に我が子を守ろうと頑張ってきたのだな、とわかるのです。ナプキンをたたむなんて、言ってみれば、どうでもいいようなことです。けれど、今まで獣《けもの》の世界にいた我が子が、ここで、自分たちの群れに帰ってきた、そんな感動が、伝わってくるんですね。群れの一員としてやっていけるかもしれない、という微《かす》かな光が見えた瞬間でした。群れに入れない、入れる、それがこんなに絶望と希望を与えるものだということ。理屈ではなく、人間の本能のようなところで、それは生死を分けるようなものなのでしょう。個人の主義主張とは関係なく、それは、もう、どうしようもなく。

ですから、みなさんのなかで、一匹狼でやっていけない自分、仲間に入れてもらおうと卑屈になる自分、ということに嫌気がさしているひとがいたとしたら、仲間に入れてもらいたいと思う気持ちは、あたりまえのことなのだと伝えたいです。それは、私たちの本能なのだから、と。

問題は、それが自分のほんとうに入りたい「群れ」や仲間でないのに、そういう人間の本能に急《せ》かされて、犬が上位の犬の機嫌をとろうとしてお腹を見せてひっくり返るような行動をとってしまうときの、自己嫌悪感、ですね。

まず言えるのは、生きるってそういう葛藤の連続ってこと。心から思っている言葉でないこと、相手を褒《ほ》めるときも、自分がそう思っていたらいいんだけれど、思ってもないのに、つい、相手の機嫌をとるようなことを言ってしまったり、やってしまったときの問題。

そういう自己嫌悪に陥ってしまったら、それは若い頃はありがちなことなので、ああ、やっちゃったよー、しようがないなあ、って、心のなかでためいきをついていればいいのです。まあ、しかたがないです。

でも、それはだれにもわからない。それがわかっているのは、あなたしかいません。あなたのなかで、自分を見ている目がある。いちばん大切にしないといけないのは、そしてある意味で、いちばん見栄を張らないといけないのは、いいかっこしないといけないのは、じつは、他人の目ではなく、この、自分のなかの目です。

あなたの、ほんとうのリーダー

さて、ここから大切なことです。
そのとき、ああ、やってしまったよーとか、しようがないなあ、とか、ためいきついているひとはだれ？

だれよりもあなたの事情をよく知っている。両親よりも、友だちよりも、いわんや先生たちよりもあなたのことをすべて知っている。あなたが、そういうことをせざるをえなかった、あなたの人生の歴史についてもだれよりも知っている。しかも、あなたの味方。いつだって、あなたの側に立って考えてくれている。

そう。あなたの、ほんとうのリーダーは、そのひとなんです。
それはさっき私が言った、「自分のなかの目」、でもあります。同じひとです。
そのひとにぴったりついていけばいい。
自分のなかの、埋《う》もれているリーダーを掘り起こす、という作業。それは、あなたと、あなた自身のリーダーを一つの群れにしてしまう作業です。チーム・自分。こんな最強の群れはない。これ以上にあなたを安定させるリーダーはいない。これは、個人、ということです。

そして、群れというのは本来、そういう個人が一人ひとりの考えで集まってできるものであるべきだと思っています。個人的な群れ、社会的な群れ、様ざまな群れがありますが、それに所属する前に、個人として存在すること。盲目的に相手に自分を明け渡さず、考えることができる個人。

じゃあ、どうやったら個人でいつづけられるか。自分のなかに自分のリーダーを掘り起こすって、どうやって？

一つには、自分でも受け容れ難いことをやってしまったとき、ああ、やっちゃったよーとか、自分を客観視する癖をつけることです。批判する力をつける。様ざまに批判する力をつけるなかで、自分自身にももちろん、批判する目を向ける。

批判って、難癖《なんくせ》をつけるとか、文句ばかり言う、ということとは違います。正しい批判精神を失った社会は、暴走していきます。批判することは、もっとよくなるはずと、理想を持っているからできること。社会を愛する気持ちと反対のものではないのです。客観的な目を持つ。つまり、そういう視点から自分をも見つめる、筋肉のようなものをつける。その目は自分をよく見ているから、自分にできないような無理な要求はしない。ちょっと頑張ったらできるはず、という線が引ける。頻繁にそういうことをしているうちに、それはできます。それを意識するということがつまり、今言うところの、掘り起こす、という意味。そしてその目が、あなたのリーダー的役割をするものになる。

次は、そういうリーダーを持っている、と思われるひとの話です。

チーム・自分

鶴見俊輔さんのお話から

これは哲学者の鶴見俊輔《つるみしゅんすけ》さんが話してくださったことですが、だいぶ昔のことなので、細部に記憶違いがあるかもしれません。そう周囲に言っていたら、調べてくださった方があり、今からするお話は、すでに鶴見さんが書いていらっしゃるものでもあったようで、あとで記憶の間違っていた部分を修正しますね。

まずは私の記憶にあるお話。京都のある老舗《しにせ》のパン屋さんの創業者ご家族の一人が、召集され、軍隊に入りました。仮にAさんとしましょう。Aさんは初年兵《しょねんへい》として、他の初年兵たちと同じようにある訓練を受けます。それは、スパイだとされた中国人が捕虜となり、木に括《くく》りつけられているのを、銃剣で順番に、一人ひとり突いていく、という、残酷な行為です。生身《なまみ》の人間を刺す、という度胸をつけさせるためだというのです。そう、とんでもないことですよね。あってはならないこと。落ち着いて考えたらだれでもわかる。でも、上官の命令のもとで、ここでも同調圧力が生じたんでしょう。それも非常時の同調圧力というとてつもない力を持ったものが。一人ひとり、言われた通り刺していって、とうとうAさんの番がきた。Aさんは捕虜が括られているその木の前まで行って、だまって銃剣を下ろした。どんなに殴《なぐ》られても、それ以上はしなかった。それで、Aさんはさんざん殴られた後、履《は》いていた靴を頭の上に結びつけられて、雪が降り続くなか、グラウンドを何周もさせられた。私はそう記憶していたのです。

でも、今回わかったのは、このようなことでした。Aさんは命令が下ったとき、その場を動かなかった。前の晩、Aさんは、もしそういうことになったらどうしようと考えた末、「殺人現場に出る、しかし殺さない」と決心していた。で、命令に従わなかったAさんは、蹴《け》られたり銃床《じゅうしょう》で突かれたりし、もう一人、命令に従わなかった初年兵――この方は禅僧だったのだそうです――と二人、その晩軍靴を口にくわえさせられ、犬のように四つん這《ば》いになって雪のなかを這い回るように命ぜられたのだそうです。犬にも劣る、という意味で。

言われたら、なるほどそうであったかもと思い出したのですが、私のなかでは、頭に軍靴を結びつけられて雪のグラウンドを走り続けるAさんがおり、それを薄汚れた硝子《ガラス》戸のこちら側で思い詰めた表情で見つめている鶴見さんがいる――文庫版『僕は、そして僕たちはどう生きるか』の、表紙の絵のように――思えばそんなことはありえないんですけれど。でもそれを話していらした鶴見さんの迫力、何度も何度もAさんのことを考え、それを生きる哲学にまで考え通した鶴見さんの真剣さが、時間を経て、私にそんな記憶違いを生じさせたのでしょう。

Aさんは英雄じゃない。英雄だったら、そこでこんなことはやめろと叫び、その中国人を助けて、でもその場で本人が銃殺刑になったかもしれない。Ａさんはそれはできなかった。言われた通り、その場には出た。でも、それ以上はしなかった。ここまではする。でもそれ以上はしない。これ以上はしてはいけない。やってしまったら、そこであなたのなかの「自分」ということの連続性が切れてしまう。それは魂の存続の危機。「それ以上はやるな」。おそらくこれは、Ａさんのなかのリーダーの声。ギリギリで発せられた魂の声。

そういう声と会話するためには、批判精神を持ち、埋もれている魂を掘り起こしてリーダーとして機能させせないといけない。そのためには、まずは自分自身で考える、ということが大切です。

自分で考えるためには、そのための材料が必要です。その材料となる情報をまず、摂取しなければなりません。でもその情報もすべて鵜呑《うの》みにするのでなく、自分で真剣に向き合って、おかしいと思ったらこれはおかしいんじゃないか、と、疑問に思わなければならない、そういう時代になりました。つまり、その情報が出てきたところの事情を想像する力もつけなければならない。

あるテニスの試合で起こったこと

昨年(二〇一四年)の十一月頃です。テレビでテニスの試合を見ていたら、え?と思うことがありました。ATPワールドツアーファイナルのシングルス準決勝、錦織圭《にしこりけい》選手とジョコビッチ選手の試合です。第一セット、ジョコビッチ選手が圧倒的に優勢で、六―一でジョコビッチ選手が取り、第二セットに入ってしばらくしたところです。このままではあっというまにジョコビッチ選手の勝ち。だって一セット目は、三十分もしないうちに勝負がついたんですから。そう思われたんですが、なんとジョコビッチ選手自身のダブルフォールトで、錦織選手が一ゲーム取った。観衆は大喝采です。だって、錦織選手は、一セット目でも一ゲームしか取っていない。それまでの流れでは圧倒的にジョコビッチ選手が勝つはずだった。それがようやくブレークポイントが取れたんです。なので、ジョコビッチ選手がダブルフォールトしたところで場内が大喝采となったわけです。大逆転の形勢になったのですものね。それにいら立ったジョコビッチ選手が、皮肉たっぷりに、自分でも拍手してみせたんですね、両手を頭の上に持っていって、これ見よがしに。一瞬、場内は静まりました。それは、ちょっと、なんというか、世界チャンピオンとしては大人げない行為だったんです。本人もしまった、と思ったのか、首を振って、試合に戻りました。けれど、それからそのセットはすっかり調子を崩して、錦織選手が取りました。私にはその場面がすごく印象的だった。なのに日本人のアナウンサーも解説者も、そのことにはほとんど触れないんです。「うん？」などと言うだけでその間沈黙していました。結果的には三セット目にジョコビッチ選手が見事に持ち直し、その試合の勝者になりました。

けれど、私にはあのできごとがとても印象的だった。ジョコビッチ選手は、ご存知のように大きな大会で何度も優勝している、当代きっての名プレーヤーです。セルビア出身で、幼い頃にコソボ紛争を体験していることもあってか、困難な状況にある人びとへの思いが強く、慈善事業にも力を入れており、東日本大震災のときも熱心に支援活動を続けておられました。心を打たれる逸話《いつわ》がいっぱいありますそういう彼が、会場の観客に対していわば「切れて」しまった。それまで沸いていた会場は、一瞬静まりかえった。私は、彼がそんな振る舞いをしたからがっかりしたとか、見損なった、とかいう気持ちはまったく起こらず、むしろ、その後立ち直った彼を、すごいと思い、その克己《こっき》心こそ彼が彼たるところのものだと感動さえしました。彼にはきっと、先ほど述べた、素晴らしい内的なリーダーがいるのですね。

あのできごとを、どういうふうに記事にまとめるんだろう、と、翌朝の新聞を興味深く読みましたが、ひと言もそのことには触れていないんです。私のとっている新聞だけではなく、日本で出ている新聞をいろいろ見てみたのですが、見たかぎり全部の新聞が同じような内容でした。いわく、今シーズン見事な活躍を見せている錦織は、圧倒的な強さを誇るジョコビッチを、第一セットこそ落としたものの、二セット目には相手のペースを崩して自分の流れに持ってきた。第三セットは惜しくも落としたが……云々《うんぬん》、というような。ジョコビッチがなぜペースを崩したのかにはひと言も触れていません。そしてジョコビッチのコメントとして、

「こんな大きな試合の準決勝に初進出して、すばらしいプレーを自信を持ってしていた。ケイはいつものようにプレーして打ってきた。ただ、第三セットの大事な場面でダブルフォールトをして僕を楽にしてくれた」

と載せています。

これはおかしい、と思って、インターネットで調べると、BBC（イギリス放送協会）がこの件についてちゃんと述べていました。まあ、ロンドンでの試合でしたからね。

記事はジョコビッチが連戦で疲れていたという事情を述べた後、このように続きます。

「第二セットの第一ゲームで錦織がジョコビッチの第二サーブからブレークポイントを挙げたあたりで、それまで五ゲーム続いていたジョコビッチ優勢の流れが変わった。—略— 試合はそこから予想もしない展開を見せた。観衆によってジョコビッチのペースが乱されたのだ。その試合初めてのブレークポイントにあって、ジョコビッチはダブルフォールトを喫した。試合が長引くのを望んだ一万七〇〇〇人の観衆がそれに大喝采した。ジョコビッチは明らかに不愉快そう(clearly unhappy)で、当て付けがましく(sarcastically)拍手し返し(applauding back)、それから首を振った(shaking his head)。—略—

「観衆を責めることはできない」。彼は後に語った。「観衆はだれだって彼らが応援したい選手を応援する権利があるさ。けど、何人かは度を越していた。試合中ずっとだ。それで普段は乗らない挑発に乗ってしまった」「僕がいけなかった。

集中力を欠いていた。それでブレークを許してしまったんだ。セットを失うような状況を自分に許したんだ。危うく試合そのものを失うところだった。それは僕の改善すべき課題だ」」

それからジョコビッチが第三セットでは見事に復活し、なんと六—〇で勝利した過程や、錦織選手がジョコビッチとの対戦を振り返って感想を述べるところまで記してあります(https://www.bbc.com/sport/tennis/30068260)。

与えられる情報は、ここまで違います。日本の記事は、日本の読者が喜ぶだろう内容になっている。起こったことは何だろう、ということの前に、その「媚《こび》」がきている。「おもねり」がきている。

もちろん、情報というのは、テニスだけに限ったことではありません。私たちにとっていちばん重要と思われることを、メディアがいつも最優先して伝えてくれるとは限らないのです。そして、たとえ伝えてくれたところで起きたことを正確に描写しているとは限らない。この場合は、日本人に対して「媚」がきたわけだけれど、例えば政治に関することもそうです。一つの情報を丸ごと信用せず、様ざまな力関係を経てそれがやってきた可能性も、頭のどこかに入れておかなければなりません。

「え？　そうかな？」と思ったことを大切にする。それがあなたらしさを保っていく。

疑問を持ったら、人は不安になります。「え？」と思った瞬間から、群れから外れる予感が芽生《めば》えるからです。それは動物本能的に人を不安にする。だから無意識に疑問を持たないようにしようとする機能が働く。

でも、「え？」と思ったことを大切にしましょう。すぐその場で反対を表明できる勇気がなくても、です。疑問に思ったこと、そして明らかにおかしいと思ったこと。それは「チーム・自分」の抱える課題となります。

この本、『僕は、そして僕たちはどう生きるか』の登場人物の一人、ショウコは足を踏みつけられたら即座に痛いって言う、って言っています。あんたの足が踏んでいるのは私の足で、痛いんだよ、どけろよ、と。ユージンは、面倒だから黙って踏ませとくよ、って言います。それにショウコが異を唱える場面を、読みますね。

「黙ってた方が、何か、プライドが保てる気がするんだ。こんなことに傷ついていない、なんとも思ってないっていう方が、人間の器が大きいような気がするんだ。でも、それは違う。大事なことがとりこぼれていく。人間は傷つきやすくて壊《こわ》れやすいものだってことが。傷ついていないふりをしているのはかっこいいことでも強いことでもないよ。あんたが踏んでんのは私の足で、痛いんだ、早く外してくれ、って言わなきゃ」

で、それを聞いたユージンは、「言っても外してくれなかったら？」と訊きます。ショウコは、

「怒る。怒るべきときを逸《いっ》したらだめだ。無視されてもいいから怒ってみせる。

じゃないと、相手は同じことをずっと繰り返す」

と答える。

　私自身も、基本的にはそうしようと思ってきました。もちろん、あまりのことにぼうっとしてしまって、対応が遅れることも多いですけれど。その言い訳ではないけれど、すぐにリアクションする、反応する、ということが、すべての場合によいことかどうかわかりません。私自身はショウコの考え方に賛成ですが、そういうことだけをしていたら、考えるという習慣が抜け落ちていきます。反応するだけの、まるで脊髄《せきずい》反射で生きているだけのシンプルな生命体のままみたいになってしまう。基本は、考えて行動する。でも、そうできないときもある。即座に怒らなければならないときもある。自分にあったやり方を模索していきましょう。経験を積むうちに、今が即座に怒るべきときなのかどうかがわかってきます。チーム・自分として、リーダーとともに行動すべきときが。

　さっきの、AとBのどちらが長いかで、首を傾げることで自分をとりまいている状況に疑問を向けた、田中さんもいました。ここまでは行く、でもこれ以上はやらない、と自分の行動を示した京都のAさんもいました。いろいろな生き方がある。

選挙権が十八歳にまで引き下げられることになりました。

一つひとつのできごとが、これから先、あなた自身をつくっていきます。それは、若いあなた方だけでなく、私自身も含め、今生きている人たち、お年寄りも含め、なくなる瞬間まで、続くことなのです。

敗者であることの奥深さ

錦織さん自身は、勝たなければ意味がない、というようなこともおっしゃっているようです。厳しいプロの世界でサバイバルしていくには、そういう強い気概が不可欠なのでしょう。私も、そういう彼の試合が好きでよく応援しながら見ています。

けれど、人生というこの長い時間の流れは、「試合」ではありえません。その流れのなかでは、自分が、敗者であることに向き合うことの奥深さに較《くら》べれば、勝者であることなんか、薄っぺらいことです。

なんだかとりとめもないことばかり並べているようですが、私がいちばん伝えたいことの一つはそのことです。

景気がいいときばかり続くなんてありえない。何もかもすべてに勝ち続けていく人なんかこの世にはいない。負けるのは仕方がない。ではどうやったら、豊かな負け方ができるか。負けたとき、あなたのなかのリーダーはなんて言うでしょうか。

「こんなこと、ありえない、○○に負けるなんて。何かの間違いだ」でしょうか。「だって、仕方ないさ、あいつんとこ金持ちで……」「自分だって、本気出したらこんなもんじゃなかったのに」でしょうか。

尊厳を感じさせ、かつ優雅である負け方にはいろいろあります。少なくとも、いちばん情けない負け方だけはするまい、それは自分が劣位であることを認められず、なんとかして優位に立つため、ネチネチとあの手この手で相手を貶《おとし》め、報復しようとすることです。負けを受け入れられないんですね。器があまりに小さいと、敗者であることが引き受けられないのです。まず、敗者であることを素直に認める。すると肩の荷がおり、楽になります。「あーあ、仕方ない、負けちゃったなあ」って。

そして、劣位にある自分、ということをしばらく味わいましょう。意識的に、味わいます。そうすると、自分が「その分野では」劣位にあるのだ、ということが客観的に認められるようになります。自分の全存在が劣位にあるのではない、ということも客観的に認識できます。あなたのなかのリーダーは、「負けちゃったねえ……」といっしょに肩を落としてくれるでしょう。でも自分の軸足は揺らぎません。それどころかもっと新しい、清々《すがすが》しい世界が開けていくはずです。

日本という国だって、いつの間にかそれほど優秀な国でなくなったのかもしれない。そもそも一つの国を優秀かそうでないかという枠組みで捉えることは無理なのかもしれない。仮に優秀でなかったとしても、だからと言って、国を愛する気持ちが消えるわけではない。優秀な国だから、国を愛するのではないのです。生まれる国は選べない。家もそうですね。どんな親でも、ある程度は、しようがないなあと思いつつ付き合っていく。あなたにはあなたの、内的なリーダーがいますから、余裕があります。たまにそんな親のいいところを見つけたら、嬉しくなる。母国なら、尚更《なおさら》。尊《とうと》ぶ気持ちが、消しようもなく心の底にある。他の国との比較で愛するわけではない。何より私たちには日本語がある。他の国に、他の母語があるのと同じように——でも、私は日本語が好き。そして地球が大切。そう思えたときに、あの、「みんなちがって、みんないい」という言葉が、なんと輝きを放って聞こえることでしょう。

これからますます難しい時代に入っていくと思われます。モデルがない時代。だれも、いちばんいい方法を指し示すことはできない。それでも、生物として、人間として、なんとかして生き延びなくてはいけない。けれど、あとあと、夜中に眼が覚めてそのことを思い出し、眠れなくなるほど悔やむような「生き延び方」は、できれば避けましょう。極力避けても、やってしまったら、あとはコペル君のお母さんの、「石段の思い出」を思い出し、耐え忍んで次に備えましょう。

あなたのなかのリーダーは、きっといっしょに耐えてくれるはずです。

今、『君たちはどう生きるか』の周辺で

書店の台に、『君たちはどう生きるか』が山積みになっている。自分の信頼してきた本が改めて広く世のなかに受け入れられているのを見るのは、どこか落ち着かない気持ちだ。読み飛ばさないでほしい、一過性のもので終わらないでほしいという(まったく私的な)願いなどとは次元を異《こと》にして、その勢いは止まず、「長年この仕事をしているが、岩波文庫の既刊がこれほどの勢いで売れているのは見たことがない」というられしい悲鳴のような現場の声も聞こえてくるほどだ。いったい何が起こっているのか。

一般に言われているのは、刊行当時の、日本にファシズムの波が押し寄せてきたときの世相と、現在日本が置かれている状況がよく似ているため、ということであるが、それだけなら似たような時代背景を持った小説は他にもある。

今さらあらすじを述べる必要もないかと思われるが、主人公はコペル君、本名本田潤一君。彼のこのあだ名の由来になったできごとは、本書の有名な冒頭、ある十月の午後、彼が叔父《おじ》さんと二人、銀座のデパートの屋上で街を見下ろしているときに起こる。霧雨で霞《かす》んでいるような世界に、何十万という人びとが生きていることに思い至ったコペル君は、「恐ろしいような」気持ちになる。すぐ下をひっきりなしに走る自動車それぞれの内部にも人間がいる。その自動車の横を、必死でペダルを漕《こ》ぐ自転車の少年が視界に入る。自分が見ていることをあの少年は知らない。でも、そこはついさっき、自分と叔父さんが通ったところで、もしかするとそのときもだれかが自分たちを見ていたかもしれない。

「コペル君は妙な気持でした。見ている自分、見られている自分、それに気がついている自分、自分で自分を遠く眺めている自分、いろいろな自分が、コペル君の心の中で重なりあって、コペル君は、ふうっと目まいに似たものを感じました」

その感慨を聞いた叔父さんは、コペル君のこの日は、自分中心の天動説から地動説の世界へ変わったような意味を持つのだと、コペル君宛てのノートに書き

（あだ名はこの彼の世界観の「コペルニクス的転回」を記念してのことである）、自分をも含めた世界を客観視してみることの重要さを説く。叔父さんは日常的にコペル君に接し、折々アドバイスも与えているが、このノートで語りかけることによってさらに深く、コペル君の内面をサポートし、その成長を後押しする。今の人びとにこの本が広く受け入れられている理由の鍵は、この辺りに潜んでいるのだろう。大まかに言って二つ。一つは客観視と、それに伴う主体性の「揺らがなさ」にまつわること。

最近「インスタ映《ば》え」という言葉が流行している。スマートフォンなどで撮影した画像をインスタグラムとして日記代わりに発信し、その際の見映えを評価する言葉だ。なかには自分の生活の一コマを切り取り続け、それを第三者の目でリポートするという作業が間断なく続くものもある。リポートする側に自分の主張があるものは少なく、大部分がただ事実を羅列して受け取り手の反応を待つ。以前は限られた職種の、職能のようなものだった「発信する」という行為が、だれでもなしうる日常的なものになってしまった、これはその例の一つだろう。

これもコペル君風に言えば「見られている自分」を「見ている自分」ということになるかもしれない。しかしそれとコペル君と叔父さんの間で語られる「世界を客観視すること」(そしてコペル君はさらに自力で「人間分子の関係、網目の法則」にたどり着く)との間には決定的な違いがある。「インスタ映え」という言葉には、人目を引くことに価値を置き、他者に評価してもらって初めて安心する、極めて主体性の希薄な日常が透けて見える。ほとんどが他者に消費されて消えていく日々。

コペル君はその後、大切に思っていた親友を裏切り、裏切った自分の弱さが許せず、激しい苦悩に陥る。コペル君の苦悩を知った叔父さんは「自分の過《あやま》ちを認めることはつらい。しかし過ちをつらく感じるということの中に、人間の立派さもあるんだ。――略――　コペル君、お互いに、この苦しい思いの中から、いつも新たな自信を汲《く》み出してゆこうではないか」と、ノートに書き送る。叔父さんからコペル君の苦境を伝え聞いた(らしい)お母さんは、床についているコペル君の側で編み物をしながら自分の過去の後悔の経験を話す。この「石段の思い出」は、本書で最もうつくしい場面の一つである。お母さんは最後をこう括《くく》る。「でも、潤一さん、そんな事があっても、それは決して損にはならないのよ。その事だけを考えれば、そりゃあ取りかえしがつかないけれど、その後悔のおかげで、人間として肝心なことを、心にしみとおるようにして知れば、その経験は無駄じゃあないんです。それから後の生活が、そのおかげで、前よりもずっとしっかりした、深みのあるものになるんです」

自分をジャッジする視座を外界に置かず、自身の内界に軸足を持つ、コペル君の内省はそのための足場作りのようなものなのだ。それに比して、昨今の「見られている自分」を「見ている自分」の、背筋が凍るほどの空虚さ(だがこれはこれでじつは、人類の精神世界がここから先、予測もつかない別次元へと進化していくのではないかと本気で思っている(ほどである)が、今は「ここ」にとどまって話を進めたい)。「インスタ映え」という言葉が象徴する世界の軸足は、他者の評価にある。評価する主体をこちら側に取り戻したいという無意識の欲求が、広くこの「流行」の底にあるのではないか。吉野源三郎のヒューマニズムは、止《や》むに止まれぬものとして、自身の内側を貫いて出てくるものである。そこに他者の視線は関係ない。

もう一つの鍵は、「子どもたちに向ける熱のこもった眼差し」である。

戦後、吉野源三郎は、子どもたちに良書を、という岩波書店における企画の具体化のため、宮城県で農地開拓中の石井桃子に、編集仕事に復帰するよう声をかけ続けていた。ようやく入社した石井桃子が「岩波少年文庫」の創刊に携《たずさ》わるのは、一九五〇(昭和二五)年のことである。その翌年、石井はある紙面で、子どもの新鮮な想像力、感受性がいかに強い力を持つか、ということを述べた後、「ゆたかに物をかんじ、のび、力を貯えなくてはならない時代に、今度の戦争を経験した人たちの不幸を、私は何にもたとえることができない。失われた成長期は、もうとりもどすことができない」

と悲観し、さらに、

「このごろ、若い人を見たり親類の子どもをあずかったりしてみると、「むかし」の人間なら、常識で考えられないようなことをしたり、言ったりする。そんなとき、私は、この人たちは、からだは一人前でも、精神的には、栄養失調や奇型だと思った。そして、それは、その人たちのせいではないことは、なんともむざんなことである」(「新鮮な子供の感受性」『新しいおとな』河出書房新社)とする。

これは一九五一(昭和二六)年六月に、『日本女子大新聞』に寄稿された文章である。奇型、という言葉は強過ぎるし、本人の周囲の例だけで結論付けるのは過度の一般化というものだが、母校の新聞ということで、つい身内に愚痴《ぐち》るような気分であったのかもしれない。石井桃子は本来、子どもや若い人たちには愛情や信頼を湯水のように注ぐべき、という主張の人である。それだけにこの言葉の激しさに思わず立ち止まってしまう。一九五一年当時、常識があってしかるべき年齢とみなされる「若い人」や「子ども」と言えば、昭和一桁後半から十年代に生まれた世代だろう。筆者の両親も昭和一桁後半に生を受けている。確かに彼らはその両親(筆者の祖父母)とはずいぶん違った。今から思えば彼らには確かに「ゆとり」がなかった。けれどそれに、戦争が関わっている可能性は考えたことがなかった。「大空襲の跡を歩けば瓦礫《がれき》だらけ、無残な遺体がその辺に転がっており、あるいは山のように積まれていても、当時はそれが当たり前で、何にも感じなかった。それが普通でみんなそうだった」という思い出話など聞き流していたが、改めて考えればそれはとてつもなく異様な体験である。警報に怯《おび》え、常に脳内でアドレナリンが放出されている子ども時代……シリアの子どもたちを思い出す。こういう事態をこそ、吉野たちはなんとしてでも避けたかったのだろう。

次第に大きくなる軍靴《ぐんか》の音に、なんとか青少年の精神を守ろうと、山本有三が石井桃子、吉野源三郎等に声をかけて始めた「日本少国民文庫」の、最後の巻として、一九三七(昭和一二)年、『君たちはどう生きるか』は刊行された。このとき十五歳の設定のコペル君は(作品発表年が、彼の作品に登場する年齢の年だと単純に仮定して計算すると)、一九二二(大正一一)年生まれだ。ちなみに今(二〇一八年)ご存命だとすれば九十六歳、石井桃子の言う「失われた成長期」の害を被《こうむ》る、まさに直前の世代である(吉野源三郎等がこれほど思いをかけたまさにこの世代は、その後真っ先に戦争に駆り立てられる運命となるのだが……)。

我々は、共有する世相への不安とは別のところで、当時の社会がまだ保持していた、父性、母性の濃密さ——この作品に滲《にじ》む、「子どもたちを守りたい」という「育む力」の強さにもまた、密かに圧倒されているのではないだろうか。昨今の子どもの置かれている(ネット上で写真が売買されるなどの)殺伐《さつばつ》とした状況のなかで、コペル君の「立派な人間」になろうとする努力や、子どもや若い人に積極的に温かい視線を送り、関心を持ち続け、手を差し伸べる大人たちに対する、ノスタルジーを超えた潜在的な「慕わしさ」も、この「流行」の背後にはあるような気がしてならない。

強すぎる政府、多数を占める組織の決定したことに対する無力感が日本全土を覆《おお》っているように思っていた。加えてインターネット等に囲まれて成長する情操への不安。だが世のなかがあまりに極端に走るとき、必ずそのバランスを取ろうとする力も生まれてくる。そのようにして、吉野源三郎のヒューマニズム、人間中心主義を私たちがもう一度必要としている、それゆえの、これは「流行」なのだと思いたい。

「人間を信じる」、何度でも。戦後、荒れ果てた人心を目《ま》の当たりにしてなおそう呟《つぶや》いた、吉野氏の言葉が蘇《よみがえ》ってくる。

この年月、日本人が置き去りにしてきたもの

先日、一九四九(昭和二四)年に復刊第一号を出した『図書』の、その後数年間の歩みを堪能《たんのう》する機会に恵まれた。決して大袈裟《おおげさ》ではなく、私は「堪能」したのだった。目を引いたのは、この間、子どもの本の出版に関する寄稿が驚くほど多かったことである。戦後の灰燼《かいじん》からようやく立ち上がろうとしている時期、どの文章も、新しい時代の子どもたちにその血肉になるような読み物を与えねばならぬ、という気概にあふれていた。それは文学的なものだけではなく、理系の分野でも同じであった。昭和二十五年、『科学の事典』刊行によせられた文章を一部抜粋する。

「戰爭の終った翌年、昭和二十一年の四月か五月頃のことである。子供たちのために自然科學のよい事典を與《あた》えたいという話がもちあがった。—略— それほどみんなが考え、みんなが期せずしておなじことを念願するようになったのである。—略—

その頃はこゝに改めていうまでもなく、出版界は氣が狂ったような状態で、だんだんはげしくなるインフレーションにのって、一時代も二時代も過去の本が再版され、しかもそれがとぶように賣《う》れる一方、低級な雑誌や書籍がはんらんしはじめて、ほんとうのよい仕事は印刷所が相手にしないというありさまであった。けれども永久的な企畫《きかく》をもった、誠意をこめた仕事はけっしてほろびていたのではなかった。—略—

しかしそれにしても、このように、子供たちにほんとうの意味の自然科學を樂しく正しく納得のゆくように與えたいというくわだてが、當時《とうじ》の敗戰後の日本の荒れはてた空氣の中にあって、次の時代のことを考えるすべての人々の心におなじように浮かびあがったことには、何らかの必然性があろう。このことについては、くわしくいう必要もないほど誰もが痛感し、心の底から希望していたことなのであるが、一つの日本の新しい時代とともに、ほんとうの文化がこのような形としてあらわれてきたことを興味深いことと考えざるを得ない」。――『図書』昭和二五年二月号、岩波書店編集部による「新しき日本を築くために――「科學の事典」刊行によせて」

新しい国を建設するのだ、という決意が、戦争で打ちのめされた個々人の精神的な復興とパラレルになっていたのだろう、内側からの切なる渇望《かつぼう》と社会の要請が一つになった勢いのある文章は、今読んでもその「熱」に心が揺り動かされる(このような時代の趨勢《すうせい》のなかで、憲法九条がいかに歓呼の声をもって迎え入れられたかは想像に難《かた》くない。暗闇《くらやみ》で、掲げるべき灯《ひ》を見出した喜びであっただろう)。そういう情熱を持ちながら、しかし冷静に、「どういう事典であるべきか」彼らは真摯《しんし》に討議する。

「編集會議《かいぎ》」をかさねた結果、項目としてだいたい二百ばかりのものがえらばれた。—略— 純眞な子供たちや自然を愛するナイーブな心をもつ人々を親切に一歩一歩と論理的に、實驗《じっけん》的に説明を與えて、自然科學や技術の結果の殿堂に、ていねいに引き上げてゆく案内人になろうということを約束した。畫をなるべく多くして直觀的にわかるようにしようと考えた。しかしお話の本ではないのだからくどく説明することはしないし、まわり道で遊んでいてはいけない。しかも自然科學のもつ嚴正な性格はけっしてゆるめないでゆこうというのであった。

見本の原稿がかゝれる。皆でよみ合う、それを合議して修正する。またよむ。また修正する。こうしてはなはだしいのは別の學者をさがす。また修正して合議するといった形で編修の仕事がすすめられ、—略— 私たちは自然科學を記述するための(現段階においての)最善のことばと文體《ぶんたい》とをつかいたいと思った」。

——同

読んでいくうちに、この『科学の事典』が自分用にも一冊欲しくなり、古本屋で求めた。昔図書館かどこかで目を通した覚えのある文章、その懐かしい再会は、私がこの年月、意識せずに文体の理想として漠然とイメージしていたものだと気づき、なんとも言えない感慨に耽《ふけ》った。明晰《めいせき》であること、的確であること、必要最小限の描写で表現したいことを余すところなく伝えられるよう努めること……。

そして文章の背後から滲《にじ》み出てくる温かい何か、それは吉野源三郎著『君たちはどう生きるか』の、叔父《おじ》さんのノートの文章から滲むものと同質のものなのだった。自分より年若い存在を「育もうとする力」なのだろう(少子化が叫ばれる現代、女性に子を産むことが強く求められているけれども、私たちの今の社会にこの子どもたちに向ける温かな視線、「育もうとする力」がそもそもどれほど残っているのだろうか)。

『科学の事典』はその後一九八五(昭和六〇)年に第三版が刊行され、このとき新たに加えられた項目の一つに「原子力」があり、これに六頁もさいている。なかは小見出しで仕切られていて、最初から「核分裂と連鎖反応」「臨界量」「原子炉とプルトニウム製造」「原子爆弾」「原子炉」「原子力発電」「原子力発電所の安全性」「ウラン資源」「放射線障害」「核燃料サイクルと核廃棄物の処分」、と続き、最後が「核融合反応の利用」で終わっている。読みながらその真摯さに胸打たれる。逃げていない。何者にもおもねっていない。わからないことをわからないと言い、危険があることを危険があると言う。懸念があることを懸念があると言い、できそうもないことはできそうもないと言う。全身全霊で子どもに向き合っている。それがどれだけ誠実なことか。初版の精神はまだここに生きていた。しかし戦後のこの間、一方では原発安全神話推進のための「子ども向けのパンフレット」(福島県双葉郡大熊町で育った知人は、学校でよくこういう印刷物や下敷きが配付されていたと語っていた)が作成され続けたことを考えると、この年月置き去りにされてきたものの存在もまた、考えてしまう。

子どもを、読者を「どこかへ」導こうとしているのは同じなのだ——いや、違う。そもそも、『図書』復刊後の「子どもの本出版」に向き合う各々《おのおの》の文章も、十把《じっぱ》ひとからげにできない微妙な差異があった。今まで述べてきた、「新しい時代の子どもたち」を育みたい、という熱意にあふれたものと、一見そうであるようでいて、どこか大上段《だいじょうだん》から「こうあるべし」を押しつけてくるような教導型のもの。子どもに向き合うときのこの差異を明確に意識しなかったことから、この昨今の目を覆《おお》うような子ども文化の衰退は始まっていたのではないか。大人の側が、「自分のなかの子どもを発見」しているかしていないか、という差異を。

引用文の最後の段落を記そう。

「編集部は今、最後の校正の仕上げに大童〔おおわらわ〕である。B5判一千五百頁二百項目、索引語八千というこの事典は、岩波書店の戰後の力作の最初のものであるとあえていいたい。—略— とはいってもこの事典にそそがれただけのエネルギーと熱情とは、日本でも世界でもそう度々ザラに行なわれているものではないであろうと自負しては、云いすぎであろうか。夜おそく最後の校了の「さしかえ」をいそいでいる一人の職工さんが、「この事典がほんとうにできるだけ大ぜいの子供たちや大人たちの手に渡るようにしたいものです」としみじみいってくれた」。

――同

日本人が置き去りにしてきたもの――それについてここ数日ずっと考えていた。何なのかはおおよそ見当はついても、それを呼ぶ、他の言葉がないものかと、ずっと考えていたのだ。が、やはりそれは、ヒューマニズムとしか、言いようのないものなのだった。

引っ掛かる力、そして新しいXさんの出現を

——『村八分の記』（石川さつき著）を読む——

ことの発端

石川皐月《さつき》さんが本書『村八分の記』をお書きになったのは、一九五二(昭和二七)年、彼女が十七歳、静岡県立富士宮高校二年生のときのことだ。静岡県の農村部に生まれ育ち、敗戦時には十歳であった。吉野源三郎氏らがこれからの子どもたちに良質の本を読ませたいと奮闘していた、まさにその時代の子どもたちの一人だ。一読して驚かされるのはその聡明さ、明晰さ、実行力。疑問を持つ力、論理立てて自分の意見を相手に伝える説得力の高さ、そして何より、民主主義に対する信頼、それを皆で作っていこうとする気概と使命感。

ことの発端は、村役場ぐるみで行われた国政選挙での組織的な選挙違反であった。地域の世話役たち(組長)が公然と選挙の入場券を村民から集めて回っていたのだ。そしてその集めた入場券を「役場の○○さんに渡してきたのだが、どうも村では石黒氏を推しているらしい」と組長自身が語っているのを、石川さんは耳にする。「組長という一種の行政機関を通じて役場が違反をおこなってしまったのでは、いったいどういうことになってしまうのだろうかと、そのときのわたしはたいへん憤慨せざるをえませんでした」。

その二年前に起きた事件

実は彼女は二年前の中学三年生のときも同じような事件に遭遇して、そのときの慷慨《こうがい》を文章にしている。管理委員たちが「茶菓子をぼりぼり食べながら、同じ人間が何回となく投票に来るのを傍観していた」と知人から聞いた石川さんは、選挙で不正が行われないよう監視する立場の者ばかりでなく、「誰一人眼の前に展開されている不正行為を止めさせる者がなかったとは何という惨めな風景なのだ、何という情ない有様なんだろう」と嘆く。そして(中学三年生の彼女の)文章は「しかし、私達は悲しくなろうとは思わない。考えのない大人達にむりやりに錠をおろされた心の扉を鉄よりも強い意志をもって大きく開いて私達は前進する―略―」と決意を新たにするところで終わる。新しい憲法のもとで二度と戦争を起こさない「新しい日本」を作るのだという気概に溢れている(今の時代にこれに共感する人びとがどれほど残っているだろう。しかし民主主義とはこうやってほんの少し前のめりに意識しないと手にし続けられないものなのだと、近年改めて痛感している)。

この文章のタイトルは「私達は前進する」で、中学の文芸部の『合歓《ねむ》』という雑誌に発表された。その後、一九五〇(昭和二五)年一二月二一日号の『上野中学新聞』に転載されたが、内容を知った村役場の圧力で校長は新聞回収を命じられ、回収された学校新聞は焼き捨てられたという。なんと「非民主的な」と石川さんは(当然のことながら)憤慨する。その伏線あって、今回の不正事件ではもう「一刻のためらいも感じませんでした」。そして行動する。

朝日新聞静岡支局への投書、村びとからの村八分

彼女は朝日新聞の静岡支局宛に、真相の調査を依頼する葉書を書く。なぜ選挙管理委員会へ直接訴えなかったかというと、「たぶん違反の事実はしっているだろう」し、「そればかりか、そのときのわたしは、違反の直接の中心人物は、役場そのものだろうと考え」ていたからである。

朝日新聞静岡支局は、確かに調査を開始した。しかしその方法は、彼女が期待していたのとは違っていた。彼女は、この大掛かりな選挙違反を仕切った大元の正体と、なぜこういうことがなされたのか、その全貌を明らかにし、世論に問いたかったのである。しかし支局記者は彼女の周辺の、不正を行った組長たちや村長を取材するばかりでこう断言した。「村長はむろん、ほかのひとびとも事実を

否定し、けっきょくあなただけが事実をみとめているのです」。そしてその夜、組長が各家をまわり、入場券を回収したことを否定して欲しいと頼み歩いた、という事実を石川さんは耳にする。程なくして関係者十数名が警察に出頭させられる。それからというもの、隣近所からの露骨な嫌がらせの日々が続く。学校の友人からは村の人びとが「わたし(石川さん)の奨学金を停止させようとやっきになっている」という話も聞く。妹はいじめられ、隣近所の助けが不可欠な田植えの準備さえできない。回覧板も回って来ず、話しかけてももらえず、話をしようとしても無視される。村八分だ。なぜこんなことになったのか。彼女は当初「違反は大規模に行われたのだから、多数のひとびとが事実を凝視しているだろう、だからきっと多くの抗議がなされ、力づよい批判がもりあがってくるだろう」、と期待していた。しかしそうではなかった。

ふと、思い出した話がある。

昔、日本のある村で、鐘楼《しょうろう》に吊《つ》り下げる梵鐘《ぼんしょう》を新しくしようとしたが、出来上がった梵鐘は重く、吊り下げることができない。長老たちが途方に暮れていると、村の子どもの一人が、「まず梵鐘にあわせて鐘楼をつくり、鐘の竜頭《りゅうず》を梁《はり》につないでおいて、鐘の下の土を掘ってゆけば梵鐘はおのずから吊りさがることになるではないかと教えた」。その通りにしてうまくいった。しかし村人たちは、「そのような子供は将来なにをしでかすかわからないと考え」て、その子を殺してしまった。宮本常一『庶民の発見』所収の話であるが、同書には、「村の秩序の維持は、村民が同じような感情と思考の上にたつことが何より大切であると考えられたことに、このような話が数多く語りつたえられた原因がある」。「事実は、秀《ひい》でた一人の存在が村の発展や困難克服に大きな意義と力をもっていたのであるが、そうしたすぐれた個人の思想が、村の人々の道徳律に違背《いはい》することを極度におそれたのは、それが村の生命力を失うようになりはしないかとの不安からであった」。

宮本の言う、この「不安」こそが、日本社会全体を今なお突如としてムラ社会化させるものの正体かもしれない。ここで意識しておおらかに、「お前は賢いなあ」と子ども(あるいは優れた個人)の意見を素直に取り入れられるようになれば、日本の社会はどれほど風通しが良くなるだろう。それはもしかしたら、「子どもを育もう」と肩に力を入れることより、大切なことかもしれない。

結局石川さんの「近所のおじさんたち」だけが罰金刑を科せられて裁判は終わった。

この結果は表向き、行われたことは確かに法に触れることで、きちんと罰金まで払わせた、という体裁をとりながら、その実、告発した彼女の家が、近隣の嘆きや恨みを日々感受することで、言うに言われぬストレスを被る元凶となった。そして家族にこんな思いをさせた責任を感じさせ、石川さんを二重にいたたまれなくさせる——まるで「罰」を受けたのは実質的には彼女の側のようだ。隣組制度を色濃く残す町内会(組長という言葉がまだ生きていることにもそれは反映されている)に彼女の「罪」の刑の執行を任せたようなものであった。

朝日新聞本社への投書、その全国的な反響の大きさ

困り果てた彼女は、高校の社会科教師、山香先生に相談する。山香先生は彼女を励まし、「朝日新聞の本社に友人がいるから、さしあたってこの友人に手紙を書いてみましょう」と提案する。その結果、事件の経緯は全国紙に載ることになり、話は大きな渦を巻いて彼女を翻弄する。あることないこと書き立てるメディアも現れた。事件には関係のない石川さんの父親のスキャンダルまで取り沙汰された。消耗もしたが、一方で力強く彼女を激励する声も数多くあった。このことは、村内で四面楚歌《しめんそか》だった彼女とその家族にとって、涙を流すほどありがたいことだった。会ったこともない人びとからの励ましと共感の声——つまり実体を伴わない匿名性を持った「言葉」の存在が、人間にとって大きな意味を持つのは、逆もまた然りで、近年SNSなどで激しい誹謗中傷を受け、自死に追い込まれる

事件さえあることからもわかる。「言葉」にはどちらの側にも作用する劇薬のような側面、凶器にもなりうるほどの底知れぬ力があるということなのだろう。村びとたちもまた、全国からのバッシングを受ける。当然のことながら村びとの彼女たちへの態度がますます酷くなっていく。村びとも石川さん家族も、前代未聞の体験をなさったのだ。

しかし明らかになったこともある。

組織的な選挙違反を推し進めてまで石黒候補を通すことは、破防法(破壊活動防止法)通過のための根回しとして、吉田首相が画策したことであった。この事件はその意を受けた当時の斎藤知事が動いた結果であったのである。おそらく石川さんの直感は最初からその辺りまで達していたのだろうと思う。石川さんはそここそ議論の焦点になって欲しかったのであるが、全国的にセンセーショナルに取り上げられたのは、弱冠十七歳の彼女が正しいことを言い、結果的に「村八分」にあっているという話題であった。「村八分」は、(住んでいる場所が都会であろうが）意識の深層ではムラ社会を生きている日本人には、琴線に触れる言葉だったのだろう。

村の同級生、Bさんの立場と意見

石川さんの高校では、生徒会をあげて彼女を支援すると表明するが、同じ村から同じ高校へ通っているBさんは、次のような意見を学校新聞に載せている。「少くとも同じ村に住んで村民を罪に落す者は人間でない。しかも発言権のない世間知らずの高校生があばいたのは思慮がなさすぎる。村にそんな平和を破壊するような者がいるのは実際不愉快だ。たとえ事実があったとしても村人としての礼儀においてまず口外するなどもってのほかである」。

生徒会や教職員組合がこぞって石川さん擁護に回るなか、これはこれで勇気ある発言だっただろう。Bさんにとって石川さんの行動は若さゆえの暴走に見えたのだろうか。いや、石川さんはどうしてもそれを「おかしい」と言わなければならなかった。そうでなければ自分の魂を殺すことになった。このBさんは、ごく一般的な青少年だっただろう。疑問に思うことがあっても、そこで強《し》いて言挙げせず、世の中の「やり方」を学んでいく。こんなもんか、と受け入れながら、その地域、村の「ルール」として学習していく。村を裏切るということは生きる土壌そのものを否定することになる、異を唱えるなどということは、命がけのことだから、彼の生命体としてのコンテキストではブレーキをかけざるを得ないことなのだ。彼女、石川さんの生きる場所から離れている人間ほど、彼女を簡単に「称賛」できる。反対に彼女に近い場所にいる人間ほど、Bさんのように(むしろ親身に、そして他人事でなく)それを「否定する」。

　朝日新聞のインタビューで山香教諭は次のように述べている。「石川さんは優秀な生徒です。社会科の教師として〝正しいことはあくまで押し通すべきだ〟と教えながら、現実の社会悪に対して全く無力だということは大きな悩みです」。

社会悪とか善(この場合、正義)とかいう観点から見ると全体が見通せなくなる。強いて善悪という言葉を用いるなら、個人としての善に従うか、全体が一つの生き物の一細胞としての善に従うか、という問題なのだろう。前者の論理では正しいことは遂行すべきであり、その過程で「村人の罪が露呈する」のは致し方ないことである。後者の論理からすると、村人を罪に陥れてまでやることか、ということになり、その前段の違法選挙の是非は「致し方ないこと」とまでは言わないまでも、あまり問題視されない。異質な細胞は全体の命を危うくするから取り除くことが善である。それができないなら村八分にして他の細胞が汚染されないようにするのが次善の策である、というのがB君に代表される後者、村びとの論理だ。つまりどちらも善と信じてすることなのだ。ここに「悪」はない。だから強硬になる。

「細胞」の生き方

よく言われる世界各国の国民性を揶揄《やゆ》したジョークに、航海中の船に緊急事態が起きて、船から脱出してもらわなければならないとき、各国の客それぞれに一番説得力のある言葉を投げかける、というシチュエーションのものがある。アメリカ人には「飛び込む人は英雄だ」、英国人には「紳士なら飛び込む」、イタリア人には「飛び込めばもてる」、そして日本人には「みんな飛び込んでますよ」。なるほどと思う。このジョークのバリエーションは多々あって、日本人には「他の人は皆、○○していますよ」と言えばいいというのが定番だ。最近なら「みんなマスクしてますよ」か。今回はこれが功を奏して日本人のマスク着用率は世界一だ。

世界が認めるとおり、日本国民にはいざ事あらば、一つの生き物の個々の細胞のような動きをするところがある。自分の意見で動くというよりも、総体としての動きの、大体の「方向性」を摑むことに非常に敏感で、また長《た》けてもいる。細胞の一つが目立ってはいけない。考えるところは大脳に(あるいは腸や皮膚という学者もいるが)任せておいて、あとはその指令が滞りなく遂行されるように協力を惜しまない。これが「一細胞」としての美学であり道徳なのだ。細胞が考え出したらあっという間に混乱が生じる。一個の生体としては分裂してしまう。そんな「出過ぎた真似」をしてはならないし、自分の周りの細胞たちにもそんな「しでかし」をさせてはならない。彼らのためを思えばこそ。だから○○の分際で(○○のところには、「学生」でも、「女」でも、「子ども」でも「作家」でも)政治に口を出すべきではない、不愉快だ、という非難がいまだに巷《ちまた》に沸き起こる(だが民主主義はそういう個々の声の集積である。きちんと自分の声を持った人間こそが、骨のある学問や仕事ができるはず)。

「国民」という概念が、日本では明治の初め、開国当初、俄《にわか》仕立てで民衆に与えられたものだったというのはよく言われることだ。それまで一般庶民には外国の存在などほとんど知らされていないに等しかったとすれば、日本人の大多数を占めていた農民には「日本国」という概念は、意識にも上らなかっただろう。世の中、つまり「世界」そのものがせいぜい村の単位で終わっていて、いわゆる「世間が広い」という形容は、日本国内の他の地方を知っているという程度のことを意味していた(言い換えれば、世間を測る枡の目が今よりも緻密《ちみつ》であった)。国に命をかけてくれる兵隊を即成することが急務であった維新政府は、天皇を神とする日本国の国民であることの自覚、そのためには命を投げ出すことも厭わないほどの忠義を何よりの美徳とする教育を徹底させた(乱暴に言えば学校教育とはそういう「考え方」を幼い頃から叩き込むために必要な制度でもあった。政府が教科書の内容に介入してくるのは、いつの時代も彼らの「必要」があってのことなのだった。ほとんど洗脳と同じメカニズムだ)。そういう「忠君愛国」は、長年続いた儒教的風土で親の生き方を踏襲していれば間違いがないということになっていたそれまでの文化に馴染んだし、「他に類を見ない神国日本」への帰属意識を、本人の自己愛とごちゃ混ぜにして練り上げ、歪んだナショナリズムを生み出すことになった。それは相互扶助という隣人愛と、相互監視という檻のシステムで、国民をがんじがらめにする隣組制度を用い、国の隅々にまで行き渡る。出来上がったのは大きなムラだ。

女王バチを、そして巣全体を守るため、当然のように自分の身を犠牲にする個体を出させるのはハチ型、アリ型の昆虫社会を思わせる。日本でも犠牲死を賛美する論調が跡を絶たない。まるで個々の生体の内部でアポトーシスする細胞が出てくることを奨励するかのように。多様な在り方を認めないので、指揮系統が劣化していくに従って滅亡への道をたどる。

石川さんの、民主主義を渇望するが故の行動は、図らずも、この国は全体として、ほんとうに民主主義を欲しているか、そもそもこの国の土壌にそれは根付くのかというそれこそ根深い問題をも浮き彫りにした。

六十三年後

この村を訪ねた新聞記者がいた。彼女は古老たちに話を聞こうとしたが、彼らは今もこの話題に触れると気色ばみ、口を閉ざした。ただ石川さんの幼なじみだったというある男性だけは「この際正直に話そうか」と重い口を開いてくれた。「(男性の)父も逮捕された。釈放された時に自宅に集まった村人のひそひそ声を忘れたことはない。「石川家は村の敵。村八分にしよう」。胸中は揺れた。子どもとしては「ここまでやらなくても」。一方で「皐月の度胸はすごい」と思った。今なら言える。「皐月を憎いと思ったことは一度もない。民主主義ってこういうことなんだって」」(二〇一五年一月九日　東京新聞「覆う空気7　ムラ社会の少女」木原育子)。

「引っ掛かる」力

日常のなかで、ふとそれまで一般には疑問視されてこなかったことに「引っ掛かる」ことがある。

グレタ・トゥーンベリさんが、一人で国会前のストライキを始めたきっかけもそうだったのだろうし、一九五二年に石川皐月さんが、自分の村で、選挙の不正が公然とまかり通っていることに呆気《あっけ》にとられ、新聞に投書したときも、そうだったのだろうと思う。たいていの人間は、最初一瞬疑問を持ったにしても、そういうものかなと問題を棚上げにし、あるいはことを荒立てたくない大人たちに言いくるめられていくうち、疑問を持ったことすら忘れてしまう。けれど彼女たちは言いくるめられない。ありとあらゆる手練手管を使った欺瞞にもごまかされず、疑問の本質を追求していく。自分が「引っ掛かった」ことに対して誠実なのだ。

どうしても引っ掛かって、この引っ掛かりを何とかしなくては一歩も前に進めなくなるような、そういう生理的なものすら感じさせる、真摯な「引っ掛かり方」。

そういう引っ掛かる力が、社会全体を牽引していくのだろう。

いつか、新しい「Xさん」の出現が

何千年も続いてきた遺伝子が一朝一夕《いっちょういっせき》で変わるとも思われないが、ここ二十年ほどの、以前は想像だにしなかった社会の変化を見るにつけ、何か奇跡的な転換が起こらないとも限らないと思う。石川さんのような方が多く声を上げるようになり、やがて、石川さんを全否定したBさんの心を少し動かす「Xさん」が現れるようになれば、感情的な個人攻撃ではなく、理性的に論を訴えあう社会に近づくことも可能かもしれない。次々にそういう「Xさん」が出現する時代を夢見る。

文化の橋渡しになる人びとが。なぜならBさんたちを抜きにしてはこの社会の未来はありえないし、分断が生じていいことは何もないのだから。

若い人の率直な声に耳を傾け、「本当にそうだ」と心から言えるときを、自分の人生で何度持てるか。そういう指標もまた、あっていい。文化の橋渡しをする新しい「Xさん」が「私」のなかに、それぞれの個人のなかに、現れ出るために。

岩波現代文庫版あとがき

約二年前、まだ始まったばかりの新型コロナウイルスの流行に世界はパニック状態を呈し、先行きの見えない不安が社会を覆っていました。余裕をなくした大人たちが非常時を叫ぶ、そんな世界を生きなければならない若い方々へできることがあれば、と、以前ジュンク堂書店池袋本店で行った小さなスピーチを文章化したことが、この文庫の底本となっている単行本刊行のきっかけでした。そのとき、雑誌『図書』に掲載された、『君たちはどう生きるか』の流行の背景について書いたもの、同じく『図書』復刊の八百号記念特集に寄せて、当時の編集者たちの「若い読者へ向けた思い」について書いたものも収録しました。この三つはどこかしら、同じ魂を分け持つ文章のような気がしたのです。

そしてこの度《たび》文庫化の機会をいただき、現在八十七歳になられる石川皐月さんの、十七歳当時の文章について考察したものを書き下ろしました。当時の若い人びとがどんなに新しい憲法を喜び、これを大切に思っていたかが、彼女の文章の端々から読み取れます。理想に向けて、諦めない心。こういう先達がいることを、私自身心に刻んでおきたいと思ったのでした。

こうして岩波現代文庫版あとがきを書いている今、第三次世界大戦前夜のような危機感を抱きながら、ウクライナ情勢を見つめています。

世界はもっと、寛容でありうるはず。

このささやかな本が、世界中の同じ祈りとともに在り、そして同じ働きのなかに在りますように。

二〇二二年三月

梨木香歩

解説

若松英輔

この本が世に送られたのは、二〇二〇年七月、コロナ禍の影響が深刻さを増した頃だった。経済活動だけでなく、人と人のつながりが薄れ、社会がその基盤から揺らぎ始めた時節だった。そして今、この本が文庫となって再び世に出ようとするとき、ウクライナでの戦争が始まった。私たちは再度、真の意味におけるリーダーとは誰かを問い直さなくてはならないところにいる。

コロナ禍において過酷だったのは、これまでの常識が通用しない、激しい状況の変化だけはない。それを切り抜ける道を指し示すはずのリーダーの不在という問題でもあった。政治の現場だけではなく、さまざまな場所で、語られるべきはずのリーダーの「声」が聞かれず、光明がないまま、未曽有の時間だけが過ぎていった。

この本で描かれるのは、偉人伝に出てくるような人物ではない。ふとしたときに「リーダー」へと変貌する人たちの姿だ。新しく書き下ろされた一文「引っ掛かる力、そして新しいXさんの出現を――『村八分の記』(石川さつき著)を読む」には、ある村で常態化していた選挙の話が出てくる。選挙違反が横行していたのである。それを知った「石川さん」の姿をめぐって作者は、民主主義は「ほんの少し前のめりに意識しないと手にし続けられないもの」であるという。

ここで作者がいう「民主主義」は、人としての当たり前の暮らしというほどの意味でもあるが、それは黙っていては実現されない。ある性質をもった言葉が必要になる。「石川さん」は、周囲から非難されることになるのを承知で声を挙げた。その姿をめぐって作者は、こう書いている。

石川さんはどうしてもそれを「おかしい」と言わなければならなかった。そうでなければ自分の魂を殺すことになった。

あるとき人は、心からの声だけでなく、「魂」から言葉を発しなくてはならない。それは凍り付いた「魂」を溶かすためにほかならない。言葉は発せられた場所に届く。頭だけで考えられた言葉は相手の頭に、心の言葉は相手の心に、そして魂から生まれた言葉は、それを受け取る者の魂に響く。

改めてこの本を読み直しながら「リーダーシップ leadership」という言葉の意味を考えていた。通常、組織や共同体を牽引する能力を意味する言葉として用いられるが、少し別な語意もあるのかもしれない。

「友情」は「フレンドシップ friendship」、「関係」は「リレーションシップ relationship」という。

接尾辞の「-ship」を辞書などで調べると、あることの状態や能力、特性などの意味とされているが、これらの三つの表現を念頭に置くと、どこか船を意味するshipとも無関係ではないように思えてくる。

「フレンドシップ」が、誰を友として同船するかを考えることであるなら、真の「リーダーシップ」とは、その国、あるいは共同体の人すべてを乗せて船出し、安全に目的地に運ぶことだといえるのかもしれない。別のいい方をすれば、リーダーは船に乗る人を選り好みできない。しかし、リーダーと呼ばれる人たちのなかには、残酷な方法で同船する者を選別する者もいる。

この国は今、若い人たちにどのようにしてリーダーになるのかを教育するのに躍起になっている。多くの大学だけでなく企業内でもリーダーシップを冠する講義、研修は数多く行われていて、そうした現場には、一度ならず参加する機会があった。

こうした場所で語られているのは、リーダーの資質や責任であるよりも、組織編制や人心掌握の技法である場合が少なくない。そこではリーダーの「なりかた」は講じられるのだが、リーダーの「みつけかた」「えらびかた」は、ほとんど学ばれていない。職位を上げるための技法は説かれているが、リーダーに求められる心のありようには、ほとんど言及されない。

作者は、真のリーダーをみつける階梯を描きつつ、まず人は、「私」のなかにいる日ごろは気が付かない「わたし」というリーダーを見出さなくてはならないという。先にもふれたようにリーダーは「魂」の言葉を語る。そして「その目は自分をよく見ているから、自分にできないような無理な要求はしない」ともいう。

だが、世のなかにはそれと正反対の出来事も起きる。ある人――この人を作者はAさんと呼ぶ――が徴兵され、初年兵として軍事訓練を受けたときのことだった。スパイの嫌疑をかけられた中国人が捕虜になった。このとき現場のリーダーが訓練中の兵士に命じたのは、木に括くりつけられた、この中国人を「銃剣で順番に、一人ひとり突いていく、という、残酷な行為」だった。

しかし、Aさんはこの命令に従わなかった。そのために彼はあとで過酷な罰を受けることになる。そうなることはもちろん、Aさんにも分かっていた。それでもなお、その道を選んだ理由をめぐって作者は次のように述べている。

それは魂の存続の危機。「それ以上はやるな」。おそらくこれは、Aさんのなかのリーダーの声。ギリギリで発せられた魂の声。

そういう声と会話するためには、批判精神を持ち、埋もれている魂を掘り起こしてリーダーとして機能させせないといけない。そのためには、まずは自分自身で考える、ということが大切です。

目に見えないものを「見る」眼を心眼という。それに似た言葉で「心耳」という言葉がある。心の耳が聞くのは「魂の声」である。鼓膜には響かない無音の声を認識すること、それが内なるリーダーへの扉になる。

貧しいリーダーは、他者を同化しようとする。しかし、真のリーダーは「みんなちがって、みんないい」と考える。詩人金子みすゞのこの言葉を引きながら作者は、「真実の一面をついている」と述べつつ、こう語っている。

ほんとうは、これはだれでも言える言葉ではない。うんと歳をとって、世界のすべてを愛《いと》しく思い、しみじみ感慨に耽《ふけ》ったときに出てくる祝福の言葉です。

リーダーになるため、というよりも、内なるリーダーを目覚めさせるために、まず必要なのは、豊富な知識や管理能力よりも、この世界に対する愛と祝福のおもいである。人はそれを学校で「勉強」はできない。しかし、人生においてそれを「学ぶ」ことはできる。「勉強」は誰かに強いられ行うことだが、「学ぶ」とは、自分に還っていく道を探すことにほかならない。

（わかまつ　えいすけ／批評家・随筆家）

初出一覧

◆ほんとうのリーダーのみつけかた

トークセッション「「どう生きるか」をどう生きるか」

講演録(二〇一五年四月四日、於ジュンク堂書店池袋本店)

◆今、『君たちはどう生きるか』の周辺で

『図書』二〇一八年五月号

◆この年月、日本人が置き去りにしてきたもの

『図書』二〇一五年一〇月号

◆引っ掛かる力、そして新しいXさんの出現を

——『村八分の記』(石川さつき著)を読む

書き下ろし

本書は二〇二〇年七月、岩波書店より刊行された。岩波現代文庫への収録にあたり、新たな章を増補し、書名を変更した。

ほんとうのリーダーのみつけかた 増補版

2022年5月13日 第1刷発行
2022年6月15日 第2刷発行

著 者 梨木香歩《なしきかほ》

発行者 坂本政謙

発行所 株式会社 岩波書店
〒101-8002 東京都千代田区一ツ橋2-5-5

案内 03-5210-4000 営業部 03-5210-4111
https://www.iwanami.co.jp/

印刷・精興社 製本・中永製本

ISBN 978-4-00-602343-0 Printed in Japan

岩波現代文庫創刊二〇年に際して

二一世紀が始まってからすでに二〇年が経とうとしています。この間のグローバル化の急激な進行は世界のあり方を大きく変えました。世界規模で経済や情報の結びつきが強まるとともに、国境を越えた人の移動は日常の光景となり、今やどこに住んでいても、私たちの暮らしは世界中の様々な出来事と無関係ではいられません。しかし、グローバル化の中で否応なくもたらされる「他者」との出会いや交流は、新たな文化や価値観だけではなく、摩擦や衝突、そしてしばしば憎悪までをも生み出しています。グローバル化にともなう副作用は、その恩恵を遥かにこえていると言わざるを得ません。

今私たちに求められているのは、国内、国外にかかわらず、異なる歴史や経験、文化を持つ「他者」と向き合い、よりよい関係を結び直してゆくための想像力、構想力ではないでしょうか。

新世紀の到来を目前にした二〇〇〇年一月に創刊された岩波現代文庫は、この二〇年を通して、哲学や歴史、経済、自然科学から、小説やエッセイ、ルポルタージュにいたるまで幅広いジャンルの書目を刊行してきました。一〇〇〇点を超える書目には、人類が直面してきた様々な課題と、試行錯誤の営みが刻まれています。読書を通した過去の「他者」との出会いから得られる知識や経験は、私たちがよりよい社会を作り上げてゆくために大きな示唆を与えてくれるはずです。

一冊の本が世界を変える大きな力を持つことを信じ、岩波現代文庫はこれからもさらなるラインナップの充実をめざしてゆきます。

（二〇二〇年一月）